TABLE DES MATIÈRES

CHAPITRE UN
UNE GRAVE ERREUR

Ricky Ricotta et son robot géant
jouent à cache-cache dans la cour.

— C'est trop facile, se plaint Ricky. Et si on faisait de la planche à roulettes à la place? Ricky sort sa planche à roulettes du garage, mais aucune planche n'est assez grande pour le robot géant.

— J'ai trouvé! dit Ricky. Sers-toi
de la fourgonnette de mes parents!

Ricky et son robot géant dévalent
la rue à toute vitesse.
— Ça, c'est amusant, dit Ricky.

Mais ce n'est plus
amusant quand ils perdent
le contrôle et quittent la route.

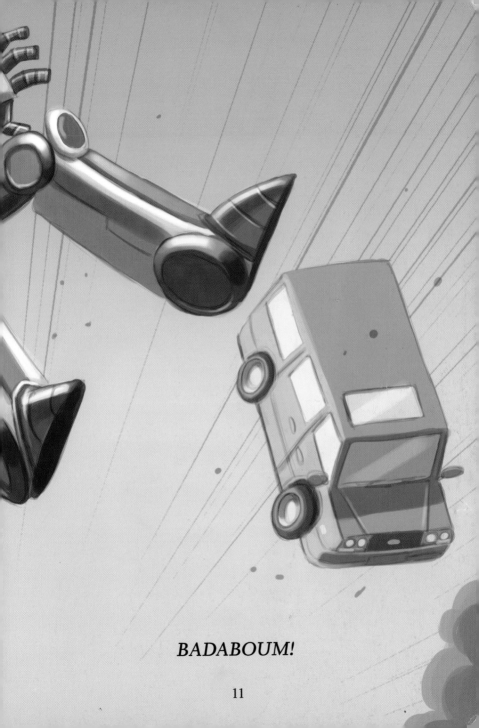

BADABOUM!

PLOUF!!!

En sortant de l'étang, Ricky
et son robot se rendent compte
que la fourgonnette est tout
écrabouillée.

— Oups, on va avoir des ennuis! constate Ricky.

Ricky et son robot géant remettent la fourgonnette dans l'allée.

— Avec un peu de chance, papa et maman ne s'apercevront de rien, dit Ricky.

Mais il se trompe.

CHAPITRE DEUX
DE GROS ENNUIS

Les parents de Ricky ne sont pas contents.

— Lequel de vous deux a écrasé la fourgonnette? demande le père de Ricky.

Ricky et son robot géant gardent les yeux baissés. Ils se sentent vraiment coupables.

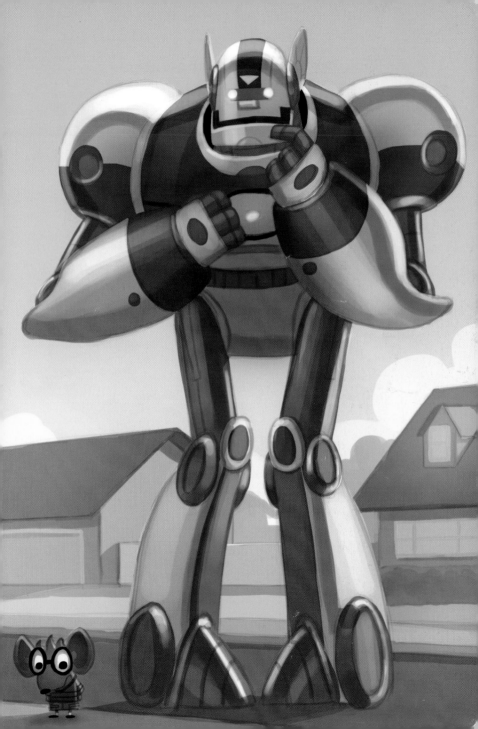

Ricky se décide à tout avouer.

— Nous deux, dit Ricky. C'était un accident.

— C'est très irresponsable ce que vous avez fait là, dit le père de Ricky.

— Oui, approuve la mère de Ricky. Et vous devrez réparer les dommages.

CHAPITRE TROIS
LE MAJOR MACAQUE DÉTESTE MARS

Pendant ce temps-là, sur Mars,
à environ 55 millions de kilomètres,
vit un méchant macaque qui prépare
un plan diabolique.

C'est le major Macaque. Il déteste habiter la planète Mars qui est froide, aride et très, très isolée.

Le major Macaque a beau
construire des robots maléfiques
et des machines étranges dans son
laboratoire secret, il se sent seul
malgré tout.

Il n'a personne à qui parler.
Personne après qui il pourrait crier.
Et, pire que tout, personne envers
qui il pourrait se montrer cruel.

C'est pour cette raison que le major Macaque décide de conquérir la Terre et de réduire sa population en esclavage. Il observe la Terre depuis plusieurs mois. D'autres méchants ont essayé de conquérir la planète, mais leurs projets ont toujours été contrecarrés par le robot géant de Ricky Ricotta.

— Il faut que je me débarrasse
de ce robot, dit-il. Je sais
comment je vais m'y prendre.

CHAPITRE QUATRE
PRIS AU PIÈGE

Le lendemain matin, sur le chemin de l'école, Ricky et son robot géant essaient de trouver des façons de réparer les dommages.

— Combien d'années faudra-t-il pour acheter une fourgonnette avec mon argent de poche? demande Ricky.

Le robot de Ricky se sert de son super-cerveau pour calculer la réponse.

— Huuum, 259 ans? dit Ricky. On devrait peut-être songer à un meilleur plan.

Tout à coup, un petit vaisseau spatial venu du ciel s'approche d'eux. Le haut du vaisseau s'ouvre et une souris de l'espace sort la tête du poste de pilotage.

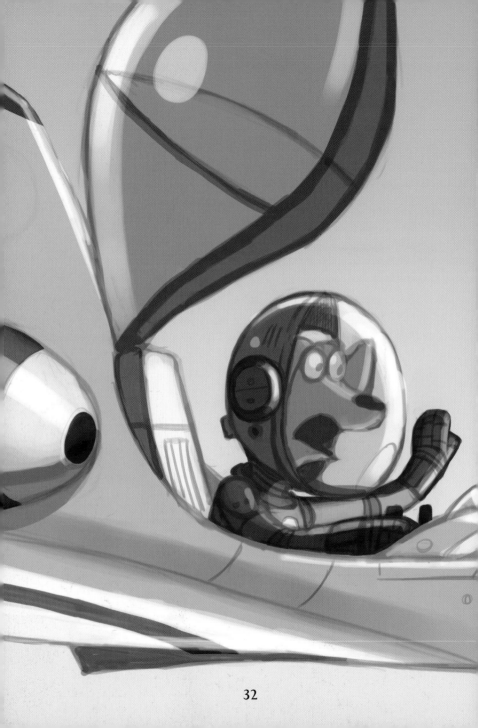

— Au secours! Aidez-moi! crie
la souris. Mars est en train de se faire
attaquer. Il faut que votre robot géant
vienne nous sauver!

Le robot de Ricky Ricotta ne peut pas refuser d'aider ceux qui en ont besoin. Il décide donc de suivre le vaisseau spatial jusqu'à la planète Mars.

— Sois prudent! crie Ricky.

CHAPITRE CINQ
TRAHI!

Le robot géant de Ricky arrive sur Mars. Il voit un laboratoire étrange, mais aucun méchant.

Il s'approche du laboratoire quand,
soudain, une main de métal géante
surgit d'une colline.

La main attrape le robot de
Ricky et le tient solidement.
   Il tente de s'échapper, mais
en vain.

Assis dans son vaisseau spatial,
le major Macaque regarde le robot et
retire le masque de souris qu'il portait.

— Je t'ai eu! Je t'ai eu! triomphe le
major. Maintenant, c'est TOI qui as
besoin d'aide. Ha, ha, ha!

Le major Macaque appuie sur
un bouton du vaisseau spatial.
Trois méca-macaques géants sortent
des profondeurs du laboratoire étrange.

44

Le major Macaque crie à ses troupes :

— Méca-macaques! Le temps est venu de conquérir la Terre. Suivez-MOI!

CHAPITRE 6
LES MARTIENS DÉBARQUENT

Ricky est en classe quand il aperçoit
le vaisseau spatial, ainsi que trois
énormes méca-macaques.

— Hé! crie Ricky. Où est mon robot?

— Disons qu'il est très pris, ricane
le major Macaque. Il ne reviendra pas
de sitôt. Ha, ha, ha!

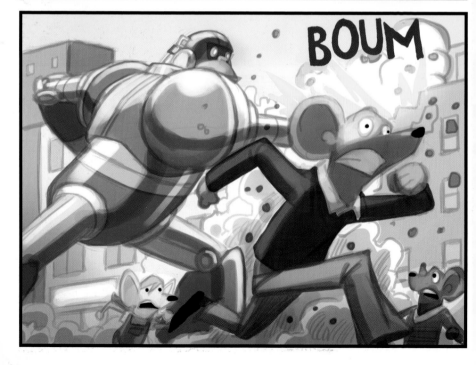

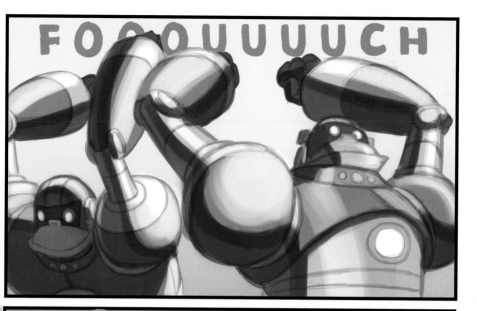

CHAPITRE SEPT

LA SOURIS DE LA SASA

Sur la Terre, la situation est critique.

— Si seulement mon robot géant était là, il arrêterait ces maudits singes et nous sauverait.

— Ne t'inquiète pas, le rassure son père. Il va trouver un moyen de s'échapper, j'en suis certain.

Tout à coup, on entend cogner à la porte. C'est un général de la Société aérospatiale des souris astronautes.

— Nous allons envoyer une navette spatiale sur Mars pour sauver ton robot géant, dit le général. Il est notre seul espoir.

— Hourra! s'exclame Ricky.

— Il faut que tu viennes avec
nous, dit le général. Tu connais
ce robot mieux que personne.

— Est-ce que je peux y aller? demande Ricky à ses parents. S'il vous plaît!

— D'accord, consent le père de Ricky, mais promets-nous d'être prudent.

— Youpi! crie Ricky.

CHAPITRE HUIT
LA NAVETTE SPATIALE

Ricky et ses parents montent dans la voiture du général. Le général allume les fusées et ils s'envolent tous les quatre vers le Centre spatial.

— C'est *fantastique!* s'exclame le père de Ricky.

Ricky se retrouve bientôt
à bord d'une navette géante
en compagnie de trois vraies
astrosouris.

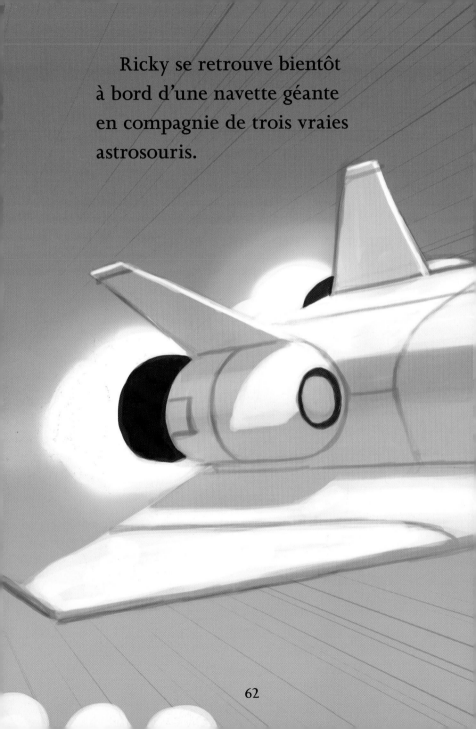

Ricky boucle sa ceinture et ils
sont bientôt propulsés dans l'espace.

En arrivant sur Mars, Ricky et les astrosouris aperçoivent le laboratoire du major Macaque.

Ils voient une main de métal géante qui retient le robot géant. Que faire?

Tout à coup, une autre main de métal géante
sort d'une colline et attrape la navette.
Puis le laboratoire surgit du sol.

Il s'élève de plus en plus haut…

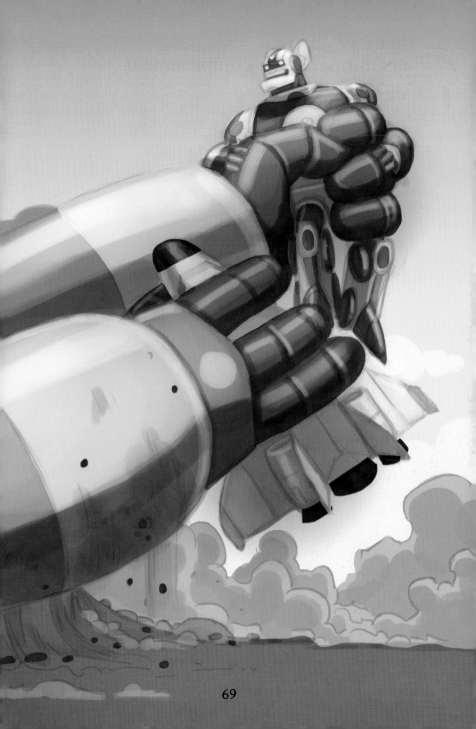

et finit par sortir complètement
du sol.

Le laboratoire du major Macaque
s'est transformé en immense
Orangou-Tron.

Les astrosouris essaient d'ouvrir
la porte de l'issue de secours, mais
elle est bloquée.

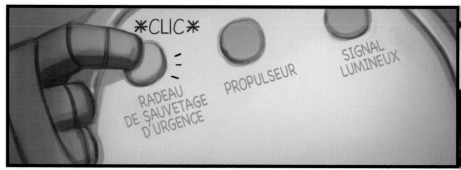

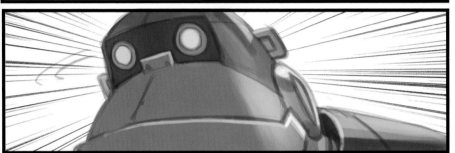

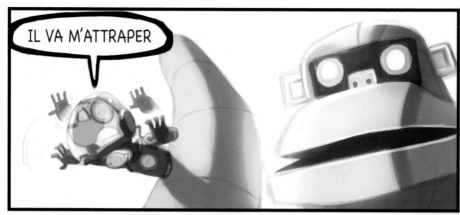

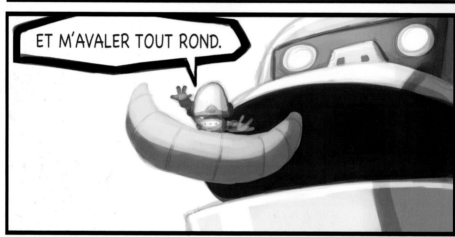

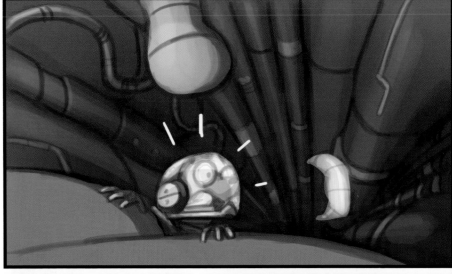

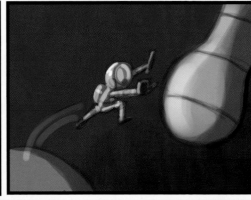

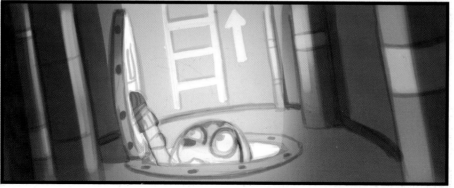

CHAPITRE NEUF
RICKY À LA RESCOUSSE

Ricky pénètre par l'oreille de l'Orangou-Tron et entre dans le laboratoire étrange. Une fois à l'intérieur, Ricky observe le poste de commandement. Il voit un tas de robots maléfiques et de machines bizarres.

Ricky trouve le levier d'alimentation.
Il tire sur le levier pour couper le courant,
mais il est coincé. Il a beau tirer, ça ne
fonctionne pas.

Un robo-chimpanzé finit
par le remarquer.

— Détruisez l'intrus! dit-il.
Détruisez l'intrus!

Le robo-chimpanzé se met à tirer
sur le tube de scaphandre de Ricky.
D'autres robo-chimpanzés se joignent
bientôt à lui. Ils tirent de plus en
plus fort.

Ricky a une idée. Il passe le tube autour du levier et le tient fermement. Les robo-chimpanzés continuent à tirer. Le levier se met enfin à bouger.

Plus les robo-chimpanzés tirent, plus le levier bouge.

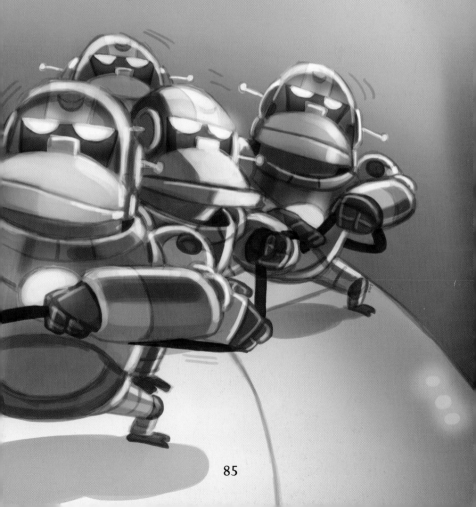

Ca-CLANK!

Tout à coup, le courant est coupé dans tout le laboratoire.

— Hourra! s'exclame Ricky.

CHAPITRE DIX
LIBRES!

À l'extérieur, l'Orangou-Tron a perdu tous ses pouvoirs. Le robot géant de Ricky en profite pour s'échapper de la main géante. Enfin libre!

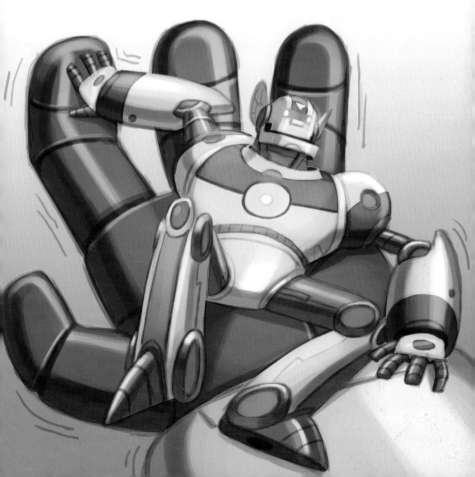

Mais à l'intérieur, Ricky a de gros ennuis. Les robo-chimpanzés se ruent sur lui.

— Détruire l'intrus! Rétablir le courant!

— À L'AIDE! crie Ricky en voyant les robo-chimpanzés se rapprocher.

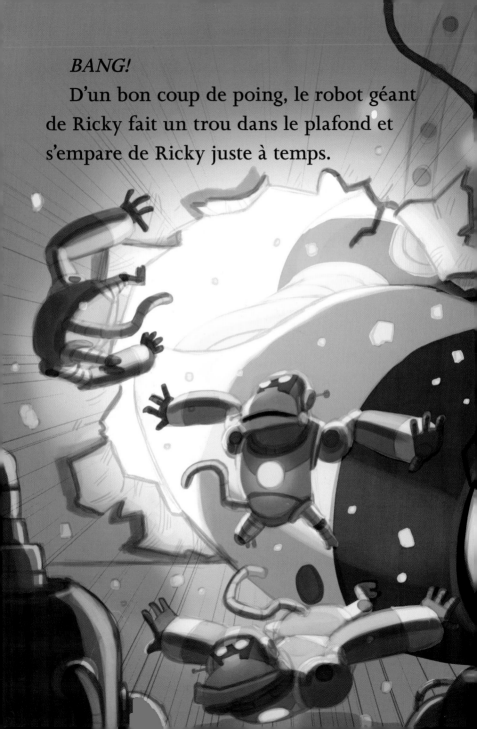

BANG!

D'un bon coup de poing, le robot géant de Ricky fait un trou dans le plafond et s'empare de Ricky juste à temps.

Ricky appuie sur le bouton
d'AUTODESTRUCTION.

— Filons! crie Ricky en voyant
le laboratoire trembler et s'effondrer.

Tenant Ricky dans une main et la navette spatiale dans l'autre, le robot géant s'envole dans l'espace. Il s'en est fallu de peu.

BOOOOOOUM!

— Et voilà pour Mars, dit Ricky.
Maintenant, il faut sauver la Terre!

CHAPITRE ONZE
DE RETOUR SUR LA TERRE

De retour sur la Terre, le robot géant
de Ricky aperçoit le major Macaque.

— Mais… qu'est-ce que VOUS faites là? demande le major Macaque.

— On est venus sauver la Terre! déclare Ricky.

— Ah oui? ricane le major Macaque. C'est ce qu'on va voir!

Il appelle ses méca-macaques et leur ordonne de détruire le robot géant de Ricky.

Le robot géant met Ricky et la
navette en sécurité. C'est alors que
commence la bataille des robots.

Le robot géant de Ricky
donne deux coups de poing
aux méca-macaques,

puis un coup de pied…

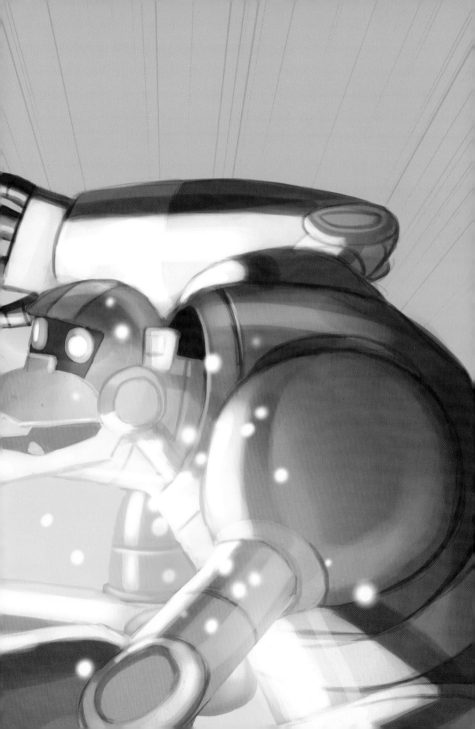

et les frappe au menton.

Le major Macaque est très fâché.

— Ça suffit, bande de bananes, crie-t-il. Arrêtez vos grimaces et passez à l'attaque!

CHAPITRE DOUZE
LA GRANDE BATAILLE
(EN TOURNE-O-RAMA^{MC})

O-RAMA

MODE D'EMPLOI :

ÉTAPE Nº 1

Place la main gauche sur la zone marquée « MAIN GAUCHE » à l'intérieur des pointillés. Garde le livre ouvert et bien à plat.

ÉTAPE Nº 2

Saisis la page de droite entre le pouce et l'index de la main droite, à l'intérieur des pointillés, dans la zone marquée « POUCE DROIT ».

ÉTAPE Nº 3

Tourne rapidement la page de droite dans les deux sens jusqu'à ce que les dessins aient l'air animés.

(Pour t'amuser encore plus, tu peux faire tes propres effets sonores!)

TOURNE-O-RAMA 1

(pages 109 et 111)

N'oublie pas de tourner seulement
la page 109. Assure-toi de voir les dessins
aux pages 109 et 111 en tournant la page.
Si tu la tournes assez vite, les deux images
auront l'air d'un <u>seul</u> dessin *animé*.

N'oublie pas de faire tes
propres effets sonores!

MAIN GAUCHE

LES MÉCA-MACAQUES ATTAQUENT.

LES MÉCA-MACAQUES ATTAQUENT.

TOURNE-O-RAMA 2

(pages 113 et 115)

N'oublie pas de tourner seulement
la page 113. Assure-toi de voir les dessins
aux pages 113 et 115 en tournant la page.
Si tu la tournes assez vite, les deux images
auront l'air d'un <u>seul</u> dessin *animé*.

N'oublie pas de faire tes
propres effets sonores!

MAIN GAUCHE

LE ROBOT DE RICKY
CONTRE-ATTAQUE.

POUCE
DROIT

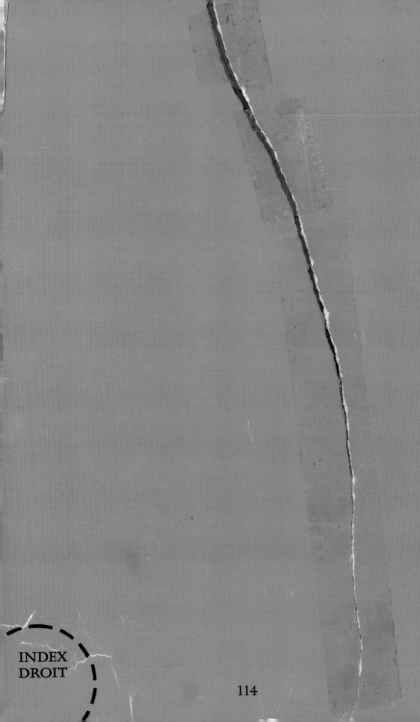

INDEX
DROIT

LE ROBOT DE RICKY
CONTRE-ATTAQUE.

TOURNE-O-RAMA 3

(pages 117 et 119)

N'oublie pas de tourner seulement
la page 117. Assure-toi de voir les dessins
aux pages 117 et 119 en tournant la page.
Si tu la tournes assez vite, les deux images
auront l'air d'un <u>seul</u> dessin *animé*.

N'oublie pas de faire tes
propres effets sonores!

MAIN GAUCHE

LES MÉCA-MACAQUES
LIVRENT UN RUDE COMBAT.

POUCE
DROIT

INDEX
DROIT

118

LES MÉCA-MACAQUES
LIVRENT UN RUDE COMBAT.

TOURNE-O-RAMA 4

(pages 121 et 123)

N'oublie pas de tourner seulement
la page 121. Assure-toi de voir les dessins
aux pages 121 et 123 en tournant la page.
Si tu la tournes assez vite, les deux images
auront l'air d'un <u>seul</u> dessin *animé*.

N'oublie pas de faire tes
propres effets sonores!

MAIN GAUCHE

LE ROBOT LIVRE UN COMBAT ENCORE PLUS RUDE.

POUCE
DROIT

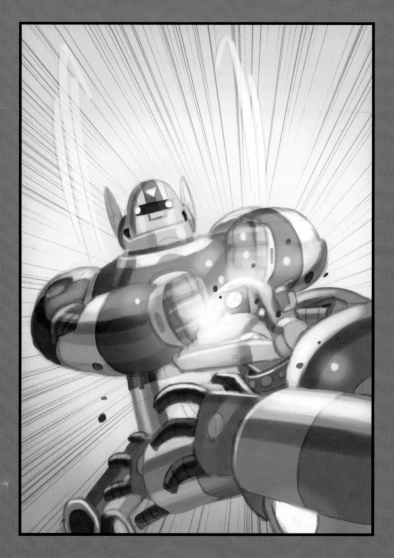

LE ROBOT LIVRE UN COMBAT
ENCORE PLUS RUDE.

TOURNE-O-RAMA 5

(pages 125 et 127)

N'oublie pas de tourner seulement
la page 125. Assure-toi de voir les dessins
aux pages 125 et 127 en tournant la page.
Si tu la tournes assez vite, les deux images
auront l'air d'un <u>seul</u> dessin *animé*.

N'oublie pas de faire tes
propres effets sonores!

MAIN GAUCHE

LE ROBOT DE RICKY
CRIE VICTOIRE.

POUCE
DROIT

INDEX
DROIT

126

LE ROBOT DE RICKY CRIE VICTOIRE.

CHAPITRE TREIZE
CRIME ET CHÂTIMENT

Pauvre major Macaque! Ses méca-
macaques sont repartis pour Mars et il
ne peut plus être le maître de l'univers.

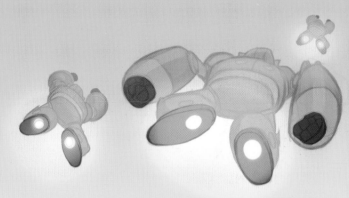

— Bou-hou-hou, gémit-il. J'ai
commis une grave erreur.

— Oui, dit Ricky, et maintenant,
vous devez payer.

Ensemble, nos héros jettent
le major Macaque dans l'endroit qui
lui convient : la prison de Ratonville.

— Merci d'avoir sauvé la Terre déclare le général. Si nous pouvons faire quelque chose pour vous, n'hésitez pas à me le dire!

Ricky chuchote à l'oreille de son robot qui approuve de sa tête géante.

— Eh bien, général, dit Ricky, nous aimerions bien avoir une fourgonnette.

— Bien sûr, répond le général.
Vous n'en voulez qu'une?

CHAPITRE QUATORZE
LES HÉROS

Accompagné de son robot, Ricky retourne au Centre spatial pour retrouver ses parents.

— Maman! Papa! s'écrie-t-il. Regardez ce que le général nous a donné : une fourgonnette flambant neuve!

— Super! dit la mère de Ricky.

— On fait une course jusqu'à la maison? suggère le père de Ricky.

Ricky et son robot géant font la course avec la fourgonnette à réaction.

En sécurité à la maison, les Ricotta mangent de la pizza au fromage et boivent des boissons gazeuses.

— Merci de vous être portés secours aujourd'hui, dit la mère de Ricky.

— Oui… et merci pour la nouvelle fourgonnette! ajoute le père de Ricky.

— Il n'y a pas de quoi…

Les amis sont faits pour ça!
dit Ricky.

ES-TU PRÊT AUTRE RICKY

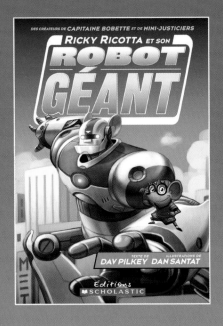

DES CRÉATEURS DE **CAPITAINE BOBETTE** ET DE **MINI-JUSTICIERS**

RICKY RICOTTA ET SON

ROBOT GÉANT

TEXTE DE **DAV PILKEY**   ILLUSTRATIONS DE **DAN SANTAT**

Éditions **■SCHOLASTIC**